Verliebt
in mehr als dein
Gesicht

4

Karin Anzai

Verliebt in mehr als dein Gesicht

#vol.16
page 002

#vol.17
page 036

#vol.18
page 071

#vol.19
page 103

#vol.20
page 135

Inhalt

4

Und die Sommerferien begannen.

Danach ...

... war ich beim Camp bis zum Ende wie benommen.

Wi Wi Wiii

Die Erinnerungen daran, wie wir den Rest der Zeit verbrachten, sind ganz verschwommen ...

... ich weiß nur noch das:

Doch ich kann Kanato immer noch nicht unter die Augen treten.

Kanato, Doigaki und ich haben vereinbart, uns noch einmal zu treffen.

Und das ist ...

... heute !!!

Vielen Dank für die drei Tage.

Wir haben unsere Kontaktdaten ausgetauscht ...

... und besprechen die Sache dann an einem anderen Tag.

6

Was bedeutet es also, dass ich vor so jemandem das Gesicht eines anderen gelobt habe ...?

Ich wollte schon unzählige Male eine Entschuldigung schicken, aber ...

... meine Finger bewegten sich einfach nicht.

Was könnte ich bloß sagen ...

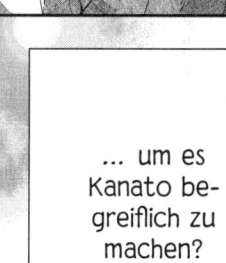

Kanato ist ein komplizierter Mensch, der glaubt, dass allein sein Gesicht seine Identität ausmacht ...

... um es Kanato begreiflich zu machen?

Gaklonk
ガチャ…

... die Magie des Sommers ...???

Verwirrt

Ist das ...

Klink
カチッ

Verzeihen Sie, mein Fehler. Sie sehen bloß einem Bekannten sehr ähnlich.

... der Paketbote ja einfach nur gut aus.

Nein.

Vielleicht sieht ...

?

?

Aber ... Wir treffen uns doch heute Nachmittag ...

W...

... am Bahnhof, oder nicht ...?

K... K... Kanato, warum weißt du, wo ich wohne ...?

Das schon wieder ...

Ach ja, du warst ja schon mal hier.

Zack

Verweis auf Band 2, Kapitel 8

Und dann macht er auch noch so ein Gesicht.

Warum ...?

Bevor wir uns alle treffen ...

...

Warum also?

... hat mich wirklich überrascht.

So einfach ist es.

Vielen Dank fürs Warten.

V...

Es ist noch etwas früh, um zum Bahnhof zu gehen, und dort ist es so voll.

Lass uns einen Abstecher machen.

Hm ...?

ほぉ Pack
っすっ

Ich schau mal nach einem geeigneten Laden in der Nähe vom Bahnhof!

Zück
くっ

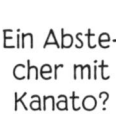

Ein Abste-
cher mit
Kanato?

Das klingt
wundervoll.

... da
muss ich
ihm auch
zuhören!!

Selbst, wenn
nur ich mich
freue, kann ich
es ja doch nicht
ändern!

Kanato
ist extra
gekommen,
um mit mir
zu reden ...

Also,
Kanato, wo-
rüber wolltest
du sprechen
...

Ah!

Was?

Wollen wir ihn besuchen?

Hier drüben gibt es einen Schrein.

Ähm, klar ...

Klatsch

Klatsch

Klimper

Wieso ...?

16

Wunder-
schön
...

Spinks
ちら

Kommt er
zur Sache,
wenn wir
hier fertig
sind?

Wollte er,
dass wir
uns erst
im Schrein
beruhigen
...?

Verdammt,
ich bin schon wie-
der so verliebt in
sein Gesicht ...!

Wenigstens heute
muss ich diese Ener-
gie zurückhalten ...
sonst ...

Hrgh

Lösche
meine weltli-
chen Wünsche
und Leiden
aus!

K...

Kanato,
wir müssen
reden!!

...
aber wenn wir
nicht darüber
sprechen, wird
er die Sache
bloß unter den
Teppich kehren!

... noch 'ne
Menge Zeit
bis zu unse-
rem Treffen
um 14 Uhr ...

Sst

12 : 39

Es ist
zwar ...

Bootssteg

Ob es da wohl Schwanen-boote und so gibt?

Weicht Kanato ...

... etwa absichtlich ...

Bootssteg

Hey, hier ist ja ein Boots-steg in der Nähe.

Du magst so was doch, oder nicht?

Ah, ich verstehe!

Wenn das so ist ...!!

Aber er wollte doch reden ...

... dem Gespräch aus?

Hä ...?

Bis später!

Und achten Sie bitte auf die Zeit!

Bitte stehen Sie während der Fahrt nicht auf!

Ist das eng ...

Ich stoße mit dem Kopf an.

E...

Er ist
so nah
...

Fährst
du mit so
etwas zum
ersten Mal,
Kanato?

Tret

D... Das
ist ja noch
enger, als
ich dachte
...

Ja.

Nein! Löse
dich von dei-
nen weltlichen
Wünschen!

Hey!

Das fährt ja
überraschend
schnell!!!

Bei mir
war es
zuletzt im
Kindergarten
oder so!

Ja.
Der Steg
ist schon so
weit weg, dass
er ganz klein
aussieht.

Puh
...

Ratt
Ratt
Ratt

Los,
noch
schnel-
ler!!!

Spriiitz

Machen
wir eine
Pause.

Da müssen
wir ganz schön
viel strampeln,
um zurückzu-
kommen!

Das ist
ja total
anstren-
gend!

Halt
mal.

Ähm
...

21

Aber ich werde mich von nun an mehr bemühen.

Verstehe ...

So ist das also.

Damit ich auch dann die Ruhe bewahre, wenn ich ein schönes Gesicht sehe ...

Ich liebe nun einmal Gesichter und habe damit die Anspannung vergrößert ...

Das ist es doch gar nicht.

Tut mir leid ...

Es ist okay. Sag es ruhig.

E...

Ich will mir gar nicht vorstellen, wie du bist, wenn du keine Gesichter liebst.

Was?

Aber das hier ist etwas anderes ...

...

Du denkst sicher, ich bin kompliziert.

D...

D...

Das sagst du jetzt?

Was?

Ein Mal?!

Was denn?

Prust

Du hast es am Anfang einmal gesagt.

Hab ich dir das nicht die ganze Zeit gesagt?!

Echt?

War es also doch nicht nur am Anfang?

Was?

Du lügst doch.

Sorry, aber seither habe ich so oft gedacht, wie kompliziert du bist.

Ja, aber das war doch nur theoretisch. Du denkst das nicht wirklich, oder?

Hatten wir im Camp nicht auch so ein Gespräch ...?

Als wir die Sterne ansahen?

Nein, ich lüge nicht ...

Kicher

Dann sag ich es eben.

Warte, Kanato, mein Bauch ...

... er tut schon weh.

Kicher

... dass er
sich deshalb
keine Gedan-
ken machen
muss.

... ihm zu
sagen ...

Es wäre ein
Leichtes ...

...
und sich
deshalb
viele Male
unsicher
gefühlt.

... bis
heute viele
Gedanken
darüber
gemacht
...

Aber
Kanato hat
sich offenbar
...

... wenn ich ihn nicht verhätschle ...

... wer würde es denn sonst tun?

Wenn ich ihn also ...

... jetzt abhängig von mir mache ...

... dann soll es so sein.

Denn ...

Kanato!

Verliebt in mehr
als dein Gesicht

Du hast ja sogar an die Sachen zum Verkleiden gedacht!

Ja.

Kanato!

Nach dem Camp-Zwischenfall, bei dem die Bombe von Doigakis schönem Gesicht platzte ...

Tattoos des bombastisch gut Aussehenden →

Glitzer
スワー

Bamm

... hatten wir eine (erzwungen) geduldige Unterhaltung ...

... und konnten uns versöhnen.

Strahl

Ein Glück ... Wirklich ein Glück!

Such Such

Jetzt können wir auch ganz unbefangen unser Managertreffen abhalten!

Irgendwo hier wollten wir uns doch mit Doigaki treffen ...

Obsessed
!!

Ah!

Der Unter-
schied zur
Schule ist
gewaltig ...
Was mache
ich jetzt
nur ...?

... gak...!   Doi ...!
Do...!

Hey!

Ich
will nicht,
dass Kanato
wieder so
ein trauri-
ges Gesicht
macht!!!

Das
geht
nicht,
Sana!

Sei
nicht so
excited!

Ja ... Doigaki
ist wie eine
Sucht und es
gibt Menschen,
die ihr verfallen.
Jede Menge
Menschen!

puh

Vielen Dank, dass du dir heute Zeit genommen hast, Doigaki.

Auf einen produktiven Tag!

O... Okay. Alles in Ordnung bei dir?

Haaah

Haaah

Schluck

Sana?

Beb

Beb

Habt ihr beide schon zu Mittag gegessen?

Nein, noch nicht ...

Ähm.

Sorry.

Ich spare gerade, daher würde ich lieber nicht so viel Geld ausgeben.

Wo wollen wir uns unterhalten?! In einem Familienrestaurant?!

4F

3F

2F

Sollen wir bei mir zu Hause etwas kochen?

Ist ganz in der Nähe.

Ich habe auch eine kleine Schwester und einen kleinen Bruder, aber die vergnügen sich draußen.

Also keine Sorge.

Er ist also ein großer Bruder. Verstehe ...

Ah!

Meine Oma.

Meine Eltern arbeiten.

Wer war das ...?

Ich sehe niemanden.

Ich bin dann mal so frei.

Entschuldige die Störung ...

Murmel

Er ist doch gut erzogen.

Und er hat die Schuhe ordentlich hingestellt!

... sich gerade für die Störung entschuldigt?

Was? Hat er ...

Klck

... mag ich so etwas ...

Es gibt da einen Kanato ...

... den ich noch nicht kennenlernen konnte, weil wir immer allein waren.

Irgendwie ...

Don

Wann
...

Was meinst du?

... hat er sich das denn überlegt?

Ich denke auch, dass es gut wäre, Doigaki nicht zu sehr damit zu belasten!

Blick

Äh ... Ja ...

Und du hättest eine Ausrede, um bei Kanato zu sein.

Wenn wir mich als Puffer benutzen, nimmt bestimmt auch die Eifersucht etwas ab.

Reib

Haaah

Reib

Ähm ...

Ist das auch wirklich okay für dich? Ich frag nur noch mal ...

Ja, ist es.

Verstehe.

Wenn du damit zufrieden bist, Sana, soll es mir recht sein.

Ich
...

... bin
nämlich gut
im Lügen.

Dürfte
ich wohl
die Toilette
benutzen?

S...
Sicher. Am
Ende des
Flurs.

Ruck

Vielen
Dank
für das
Essen.

Miwa-
Insider

Er ist
echt
über-
zeu-
gend.

E...
Er geht
auf jeden
Fall gründ-
lich vor
...

Kanato
hat schon
aufgeges-
sen!

Gut.

Bamm

KYO

Sana ...?
ドキ
Badumm
Mja?
Seid ihr jetzt doch endlich zusammen?
Hust
Röchel
Hust
Mwa... (Wa...)
Mwaff (Was) ...??
Gluck
Gluck
Na ja, es ist mehr als offensicht-lich.
Weil er es extra so eingefädelt hat, dass ihr beide alleine seid.

Auch wenn heute Morgen etwas Gutes passiert ist!!!

I... Ich weiß nicht genau?!

Ich meine, wir sind nicht zusammen oder so.

Röchel

Stopp!

Ich habe ihm gesagt, dass ich ihn mag, egal was auch passiert ...

Erzähl mir mehr über die letzte Sache, im Boot.

Etwas Gutes?

B...
Bla, bla dies und das und dann haben wir uns versöhnt ...

War das ...

... nicht ein Liebesge- ständnis?

Ich ...

Hm ...?

...

Badumm

E... Er ...

... hat nichts geant- wortet.

Na ja, aber das war ja auch nicht meine Absicht!

Badumm

Badumm

... habe es ihm ... gestanden?

Und was hat er geant- wortet?

Du verhätschelst den Kerl immer noch.

Das hat Kanato aber vielleicht nicht bemerkt ...

... ohne sich dabei klar zu äußern, was dich oder seinen Standpunkt betrifft.

Er hält dich doch nur hin und nutzt deine Freundlichkeit aus ...

... wenn er dich nicht mag und sich auch nicht so verhält ...

Wenn er dich mögen würde, hätte er reagiert.

... führt er dich doch nur an der Nase herum, Sana.

Doigaki.

Sonst ...

… ist Kanato aber nicht.

So ein Mensch …

Wir haben gegessen und geredet. Gehen wir jetzt?

Rttt

Hey!

Dann müssen wir auch alles, was wir bis jetzt gemacht haben, besprechen, damit es keine Unstimmigkeiten gibt.

W...

Wir können doch nicht einfach gehen!

Wir müssen noch den offiziellen Account freigeben.

Das ist ja voll viel.

Lästig...

Ach was.

Ich habe euch doch gebeten, hierher zu kommen, wenn es für euch okay ist.

Tapp

Tapp

Dadurch konnten wir aber ganz viel besprechen!

Jetzt waren wir ganz schön lange hier.

Das trifft doch eher auf mich zu.

Ich nutze doch gerade ...

... sowohl Kanato ...

... als auch meine Position als »Managerin« aus.

Ich habe mich zu sehr eingemischt.

»Er hält dich doch nur hin und nutzt deine Freundlichkeit aus ...

... ohne sich dabei klar zu äußern, was dich oder seinen Standpunkt betrifft.«

Hey ...

Wenn er jetzt der Manager ist, können wir doch auch Fotos vom Camp hochladen.

Kanato ...?!

... hat das gepostet?!

Oh! Das hast du für mich getan?!

Aber es hat voll lange gedauert, das mache ich sicher nicht noch mal.

Jetzt, wo du's sagst!

Es ist unbearbeitet ...

... und es gibt auch keine Bildunterschrift, aber ...

Wo du doch extra so viele gemacht hast, wäre es schade drum.

W...

Wieso ...?

Pwuah!

W... W... Wahnsinn ...!

D... Dass du das selbst gepostet hast!!!

So
langsam
...

...
komme
ich ...

... an
meine
Grenzen.

Es wird
mir definitiv
wieder heraus-
rutschen.

Und egal,
wie sehr ich
über die Worte
meines Liebes-
geständnisses
...

... und
über Kana-
tos Gefühle
nachdenke
...

»Wenn er
dich nicht
mag und
sich auch
nicht so
verhält
...«

... werde
ich in Mo-
menten wie
diesen ...

Dass dieser Kanato direkt vor meinen Augen mich die ganze Zeit ...

... doch immer ...

Denn ich weiß es ja.

... daran denken.

»Hey ...

Kana...

... to?

Ah!

Lass es nicht einfach zu ...

... dann wäre das doch keine richtige Belohnung, wenn du es nicht auch von Herzen möchtest.«

...

Badumm

Badumm

»Und zwar
mehr als dein
Gesicht.«

»Ich liebe ...
alles an dir.«

Ja ...

Babamm

Badumm
Badumm
Badumm
Badumm
Badumm
Badumm

Soll dieses »Ja« ...

... s...

J...

»Ja« ...?

Hm?

Ich habe doch ...

... meine Liebe gestanden? Oder nicht?

Nein. Aber was soll dieses »Ja« bedeuten?

Und Kanato hat dann »Ja« gesagt, oder nicht?

Ich hab mich doch nicht verhört, oder???

Was zum ...?

Platsch

Sicher wollte er sagen: »Ja, ich verstehe. Bitte warte noch auf meine Antwort.« Oder?!

Ah!

Kanato hat das, so wie er gestrickt ist, sicher nur zu einem »Ja« abgekürzt!

Ob er wohl ... über seine Antwort nachdenkt?

Er hat mir auch nicht noch mal geschrieben.

Verstehe, verstehe.

... ist ja auch nichts, worauf man so schnell antworten kann.

So ein Liebesgeständnis ...

...
also ernsthaft
...

Kanato will sich
...

Wenn ich gewartet hätte, hätte ich wenigstens meine Hausaufgaben für die Sommerferien fertig gehabt.

ツクツクボーシ
zi zi zi
ツクツクボーシ
zi zi zi
ツクツクボーシ
zi zi zi

Es ist schon eine Woche vergangen ...

...Gedanken darüber machen!

Vielleicht sollte ich mich so langsam bei ihm melden?

Sicher hat er mich gar nicht gehört.

...

Kanato
?!

Pack

Was?

K...

Badumm

Riiing

Riiing

Hey
...

... Sana!

Ah!

Passt
es dir
gerade?

Doigaki
...

Ich
dachte, es
ist besser, des-
wegen anzu-
rufen.

Gtscha

Ich komme
nicht in den
Miwa-Account
rein.

Vielleicht
hab ich mir
das Passwort
falsch aufge-
schrieben.

Sana?

Ah, na...
natürlich!

Klar!
Kein Ding!

Ähm,
also das
Passwort
war
...

...

Hä?

Was ist
los?

Ach.

Na ja,
irgendwie
"

" bist
du nicht so
energiegeladen
wie sonst.

Das
ist nur
...

Das war sicher nicht leicht, Sana!

Ernsthaft ?!!!

Häää ?!!!

Brüll

Also versteh mich nicht falsch, aber ...

... aber echt?!

Wow! Echt ...?

Krass ...!

Ja
...

J...

Uhuuu

Jetzt frage ich mich, ob er mich nicht richtig gehört und nur irgendwas geantwortet hat.

... aber er hat nur »Ja« gesagt.

Ich bin mir ganz sicher, dass ich ihm meine Liebe gestanden habe ...

Aber das ist es gar nicht.

Na ja ...

...

Irgendwie ...

Vielleicht sollte ich es ihm noch mal sagen?

Aber ich ...

D...

Ich weiß nicht, wie ich es geschafft habe, es ihm zu sagen,

Uhuhuu ...

Davor, ihm zu sagen, dass ich ihn liebe ...

... habe ich Angst.

Angst.

Es
tut mir
so leid.

Sicher ist er
nur nett und
weiß nicht,
wie er ant-
worten soll.

Er sucht
sicher nur
die richtigen
Worte.

Verstehe
...

Ich habe
ihm gesagt,
dass ich ihn
liebe ...

Ich hätte
besser darüber
nachdenken
sollen. ...

...
aber gleich
danach habe
ich diese
Angst be-
kommen.

Ich hätte es
besser nicht
sagen sollen.

Aber willst du nicht noch ein wenig warten?

Das wird schon.

Na ja,

Ich weiß natürlich nicht, was sich dieser Kerl dabei denkt.

Mach einfach etwas, was du magst, um dich abzulenken.

Denk nicht zu viel darüber nach.

Ja.

Danke.

Vielleicht braucht es nur Zeit ...

... für
Kanato
...

... und
auch für
mich.

Piep

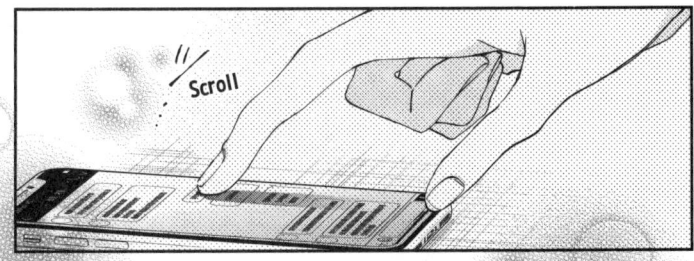

Scroll

»Kanato?

Ich liebe
dich.«

Pmpf

Ja
...?

PU
ru
ru

Wir müssen reden.

Ich bin's.

Doigaki.

Ja.

Ah
Wollen wir uns irgendwo in einen Laden setzen?

Schon gut. Hier passt schon.

Du sparst doch gerade Geld, oder nicht?

Raun

Das ist es nicht.

J... Ja. Gut gemerkt.

Dachte nicht, dass du mir richtig zuhörst ...

Hast du doch neulich erzählt.

Raun

Raun

Hier ist zwar keine Kamera, aber es sieht trotzdem aus wie im Film.

Flüster

Gleich und Gleich gesellt sich nun mal gern ...

Raun

Flüster

Wow ... die beiden sehen ja krass gut aus ...!

96

Doch selbst wenn ich das in die Tat umsetze ...

»Mach einfach etwas, was du magst, um dich abzulenken.«

Sanaaa!

Aber etwas anderes habe ich nicht zu tun!

... denke ich an Kanato.

Je mehr ich nach schönen Menschen suche, desto mehr ...

Batz ばたむ

Wirklich nichts!

...

Wäre also lieb!

Klink

Flmp

Es soll regnen. Könntest du die Wäsche reinholen?

Jaaa ...

Und was ist mit dir, Seiya?

Kleiner Bruder

Ich bin zwar da, will mich aber aufs Lernen konzentrieren.

Das Ganze ist wie ein Bumerang zu mir zurückgekommen.

Jetzt bin ich abhängig von Kanato ...

Ich verstehe schon.

... mag Kanato ...

Und deshalb ...

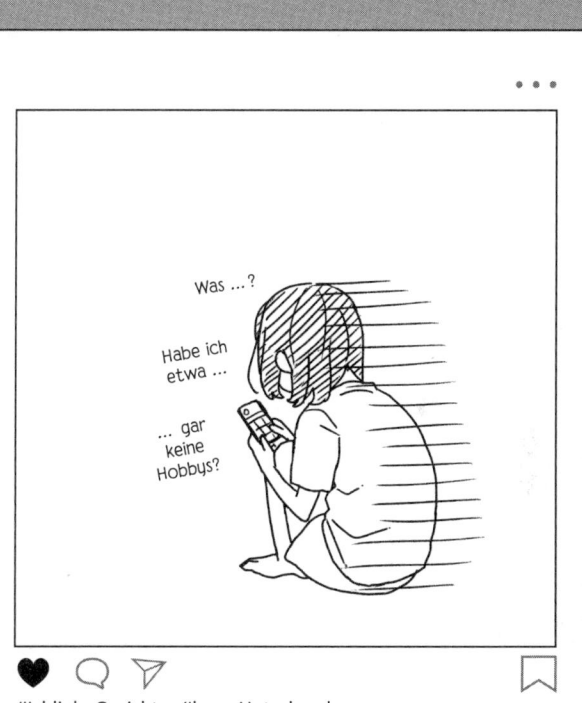

Verliebt
in mehr als dein
Gesicht

Sicher verwechselt sie da etwas, weil wir die ganze Zeit zusammen sind ...

... und in Wahrheit mag sie mich gar nicht.

Aber das soll mir recht sein.

...
bestimmt
...

Ich habe das ja auch ausgenutzt.

... gar nicht das bedeuten, was ich denke.

Aber wenn sich unsere Beziehung ändern würde ...

... würde sie es sicher bemerken.

Tropf

... geht es weiter.

Tropf

Solange sie einfach mein Gesicht liebt ...

Deshalb ...

Sie würde denken: »Er ist doch ganz anders.«

Ich bin Sana Chiken.

Ja ... Sana hat immer gesagt ...

... dass sie dein Gesicht liebt.

Schon bei der Schuleintrittsfeier ...

Ich liebe schöne Gesichter.

»Ich
liebe
…

… alles
an dir«.

Prassel

...

Was wird das ...?

Hey!

Sst

Da ist ein Schirm drin, benutz ihn.

?!

Badumm   Badumm   Badumm

Batz

Nein. Was soll das plötzlich?! Ich will ihn nicht! Benutz ihn doch selbst!

Ich will einen kühlen Kopf kriegen.

Ich geh dann.

Hey!

Batz

Wenn ich das endlich verstanden habe ...

... gibt es noch eine Sache zu erledigen.

Kanato ...

... mag mich gar nicht.

Ich kann ja nicht immer so bleiben.

... dass er sich keine Sorgen ...

... machen soll.

Ich sollte Kanato schreiben ...

Was auch passiert, ich muss als Managerin weitermachen.

Heute

Plopp

Draußen

Fit ...

Ich muss mich fitter fühlen ...

Ach ...!

Dmp

ABC DEF GH
NOP QRS

ABC DEF G

U w a a a h ! ! !

Draußen?

Ah!

Ich hab die ganze Zeit nichts von ihm gehört. Warum denn unbedingt jetzt?!

Was heißt denn hier »Draußen«?

Ne! Was?!

Kanato hat ...!

Ich hab es versehentlich sofort gelesen. Was mache ich denn jetzt!!!

Heute

Draußen

Pamm

Tapp
Tapp
Tapp
Tapp
Tapp
Tapp
Tapp

E...

...wirklich
da!!!

Er
ist
...

Katchack

Quiii キィィ

Tropf

Tropf

Er ist nass. Pitsch-nass.

???????

R...

Regen ... Ah! Bis eben hat es noch in Strömen geregnet ...

I...

Ich hole dir erst mal ein Handtuch!

Wusch

...?

Ah
...

Ähm
...

L...

Pack

Lass uns etwas filmen.

W...

Will er sagen:
»Mach ein Foto,
während ich noch
nass bin«, oder
was?

Ähm ...
Na ja, in der
Nähe ist ein
kleiner Park
...

...da können
wir hin

Schon
gut.
Nimm
mich
auf.

Was den offizi-
ellen Account
angeht, kommt
das sicher gele-
gen, aber ...

A... Aber
du wirst
dich noch
erkälten
...

... will er
das auf
einmal ...

Aber
warum
...

Lasst uns den
Park friedlich
nutzen!

Macht
er ...

... sich etwa
Sorgen um
mich ...?

...
muss es
sein.

Das
...

... und er
dachte sich,
dass es auf
diese Weise
vielleicht
...

... dann
hat es ge-
regnet ...

Vielleicht
war er so-
wieso in der
Gegend ...

... über die
Sache zu
reden.

... weniger
peinlich
wäre ...

Bringen wir es hinter uns.

Nehmen wir es ...

... einfach auf wie immer.

Piep

Das Gefühl also, wenn der Regen nachlässt?

Wollen wir auch ein Video machen, wenn wir schon mal hier sind?

... wenn Kanato schon versucht, es zu spielen.

Ich werde schnell hin und her wechseln müssen ...

Ja, gute Idee.

Es tut
mir leid
...

Lass
mich erst
noch eins
sagen.

00:00:17

Krrk
ジャリ

Zuck
ひくっ

…

Was?

Und zwar
nicht so.

Sondern
so.

Wenn du
mich an-
siehst.

#IchliebeGesichter #vol.20

Sana.

...
liebe dich.

Ich
...

... ist
gerade
...

... passiert?

Mein
Kopf
...

D...

Das kann
doch nicht
sein. Das ist
doch ...

Was
...

Kanato
...

... liebt
mich?

Du
...

Also,
falls du deine
Meinung ge-
ändert haben
solltest ...

Es
tut mir
wirklich
leid.

Ich habe
mich richtig
idiotisch ver-
halten.

... musst
nicht sofort
antworten.

Ha...

H...

Ich habe es nicht richtig erklärt.

Hab ich nicht.

Ich habe es ...

Es ist doch meine Schuld.

Aber dieses Mal ...

... werde ich es richtig machen.

... so sehr bereut.

Erst durch sie bist du du.

Ohne deine Schwächen wärest du nicht derselbe.

Aber im Grunde bist du aufrichtig.

Darf ich ...

... noch mal sagen, dass ich dich liebe?

Meine Haare.

Ich habe sie in meinem ersten Jahr an der Miwa von Schwarz umgefärbt ...

Als ich auf dem Weg hierher war, erinnerte ich mich wieder daran.

... warum ich sie dann in dieser Farbe gefärbt habe.

Vielleicht ...

... und obwohl ich es doch nicht leiden konnte, wenn man mir ins Gesicht guckte ...

... habe ich nie wirklich hinterfragt ...

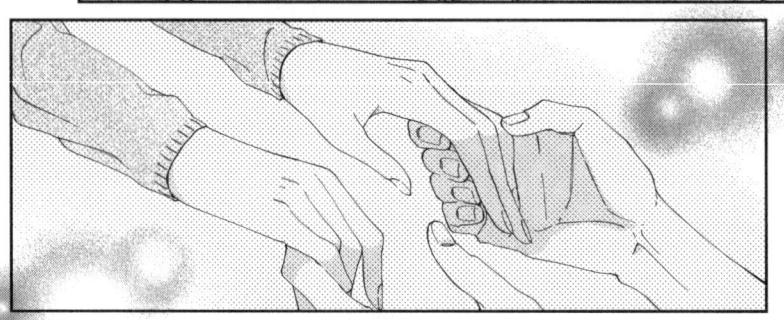

Hör mal.

Ja ...!!!

J...

Uhuhuhuuu ...

Schock

Es ist ... mir eine ... Freu...de ...

Ä ä ä ä ä ä h!

Taschen-tuch ist auch klatsch-nass.

Kram

W ä ä ä ä ä h!

Klamot-ten sind völlig nass.

Oh ...

K...

Kanato
...

Wisch

!

Pack

Ist dir nicht viel zu kalt ???

Deine Hand!

Ah! Nimm doch bitte bei mir zu Hause ein Bad! Machst du das?!

Du musst dich aufwärmen!!!

Du holst dir eine Erkältung, wenn du so bleibst. Vor allem, wenn du dich nicht umziehst!

A... Ach stimmt ja, der Regen ...!

Hey!!!

Dusch

Gut ... Mission erfüllt ...!!!

Ich kann doch nicht zulassen, dass Kanato sich erkältet ...

Puh!

Klonk

... gerade getan ...?!

Was hab ich da ...

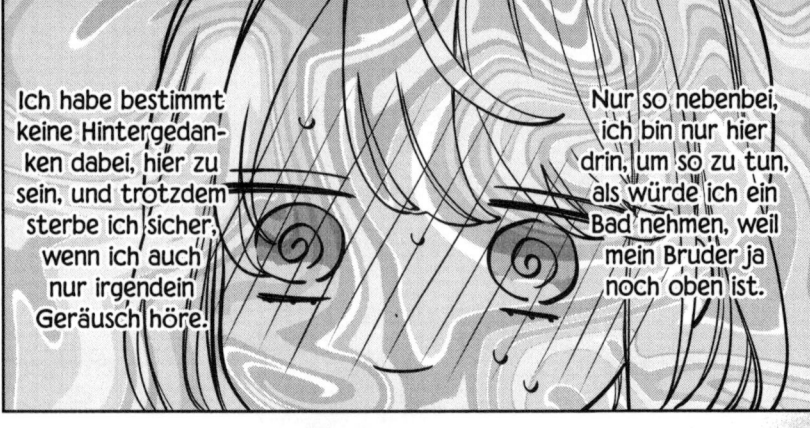

Ich habe bestimmt keine Hintergedanken dabei, hier zu sein, und trotzdem sterbe ich sicher, wenn ich auch nur irgendein Geräusch höre.

Nur so nebenbei, ich bin nur hier drin, um so zu tun, als würde ich ein Bad nehmen, weil mein Bruder ja noch oben ist.

Was mache ich jetzt bloß?

Ich kann nicht richtig denken.

Ich komm echt nicht mit.

Wem gegenüber entschuldige ich mich eigentlich ...?

Rutsch
ズル…

Ich meine, erst das Liebesgeständnis ...

Ich würde es eher glauben, wenn mir einer sagt, das sei ein Traum.

Das ging alles zu schnell.

... u... u...

Darf ich das Handtuch holen?

Ratter

Zuck

... und jetzt sind wir ...

... zusammen?!

Ah! J... Ja bit-te!!!

Ich werde auch nicht hinsehen, also keine Sorge!!!

Kannst ruhig gucken. ...

Schock

»Kannst ruhig gucken?«

Badumm

Badumm

Badumm

Ich sag lieber nicht zu viel ..!

Babamm

Ich krieg noch einen Herzinfarkt!

Kann das nicht bitte ein Traum sein ...?

Spinks

Uwah!

Badumm

Mein Herz klingt, als explodiere es gleich.

Rrrrrt

Badumm

Die Klamotten hier?

J... Ja ... Ist das Oversized-Set von meinem kleinen Bruder.

Der Trockner ist da hinten.

Ne!

Ich fass es trotzdem nicht!

Das ist wirklich echt!

Klick

Badumm

Erst mal kannst du die da mit nach Hause nehmen ...

und ...

Tapp

Ich werde deine Klamotten waschen und sie dir nächstes Mal zurückgeben.

G...

Gut! Du bist also fertig!!!

Tapp

Ähm
...

W...

Was
denn?

Darf ich
es noch mal
sagen?

Ich liebe
dich.

Dann esse ich eins!

Aber beschwer dich hinterher nicht!

Mein Herz
klopft immer
noch wie
wild.

Egal wie
oft ich es mir
auch sage.

Mein Kopf
ist ganz
benommen.

Und ich
bin wirklich
besorgt
darüber
...

... wie es
von nun an
weitergehen
soll ...

...
Kanato.

Verliebt in mehr als dein Gesicht 4 / Ende

Special Thanks

Der zuständigen Redakteurin	Yuki Kohara
den Zeichenassistentinnen	A~ya Chihiro Matsumoto
Text	Kenju Noro
Einband	Bay Bridge Studio Miki Kamagaya

Der Magazinredaktion, allen, die in Publikation, Verkauf und Werbung involviert waren, und natürlich allen, die bis hierher gelesen haben!

Doigaki ist wirklich sehr entschlossen und als ich ihn zeichnete, dachte ich dabei die ganze Zeit: »Halte durch ... Halte durch, Kanato.« Im nächsten Band beginnt der Handlungsbogen des Pärchens (!!), also freut euch drauf!

Briefe an:

Altraverse GmbH
»Karin Anzai«
Phoenixhalle I
Ruhrstraße 11a
22761 Hamburg

Twitter
@anzaikarin_info
Instagram
miwa_soh
TikTok
@anzaikarin

Story: Michiru Eiduka
Zeichnungen: Karin Anzai

Lovers High — Meine Freundin, ihr Freund und ich

Karin Anzai | Michiru Eiduka

Für Hikaru scheint nichts richtig zu klappen. Seit vier Jahren studiert sie nun schon, doch sie hat noch immer keinen Freund und findet nicht mal einen Job. Als dann auch noch ihre beste Freundin einen Lover findet, reicht es ihr und sie meldet sich bei einer Dating-App an. Aber nachdem sie mit einem netten Jungen namens Kento die Nacht verbracht hat, beginnt das Chaos erst richtig.

Du erwachst im Frühling

Asato Shima

In der Grundschule wurde Ito immer von dem sieben Jahre älteren Nachbarsjungen Chiharu beschützt. Der leidet allerdings an einer schweren Krankheit und wird in einen Kälteschlaf versetzt, bis es eine Chance auf Heilung gibt. Als er nach sieben Jahren erwacht, ist aus dem »großen Bruder« ein Gleichaltriger geworden und Ito entdeckt ganz neue Gefühle für ihn ...

Lieb mich noch, bevor du stirbst

sora

Mikoto will sich vom Dach ihrer Schule stürzen, nachdem sie nicht bei ihrer vermeintlich großen Liebe landen konnte. Da taucht einer ihrer Lehrer neben ihr auf, angeblich nur, um dort eine zu rauchen. Er beginnt ein Gespräch mit ihr und bittet sie, mit ihm auszugehen. Schließlich könne sie doch ihn lieben, bevor sie stirbt ...

Lies mich noch, bevor du stirbst

sora

Fans von sora aufgepasst! In dieser Kurzgeschichtensammlung findet ihr fünf spannende Storys aus der Feder eurer Lieblingsautorin! Wie immer erzählt sora melancholisch-herzzerreißend von Außenseitern, dem Erwachsenwerden und der Liebe. Als Special gibt es ein *Lieb mich noch, bevor du stirbst*-Kapitel. Taucht ein in soras Universum!

Liebe & Herz

Chitose Kaido

Yo Yagisawa hat im ersten Semester eigentlich genug Probleme. Aber als ein wildfremder Schönling plötzlich bei ihr einzieht und behauptet, ihr Kindheitsfreund zu sein, fängt der Trubel richtig an! Auf einmal beginnen die unheimlichsten Dinge zu passieren. Wer ist dieser Typ und schwebt Yo in Gefahr?

Colette beschließt zu sterben

Alto Yukimaru

Colette ist Ärztin, genauer gesagt die einzige Ärztin ihrer Stadt, und deshalb Tag und Nacht im Einsatz. Irgendwann ist sie so mit den Nerven am Ende, dass sie beschließt zu sterben! Aber so richtig will ihr das nicht gelingen. Stattdessen findet sie sich quicklebendig in der Unterwelt wieder, wo schon der nächste Patient auf sie wartet: der Herrscher über den Höllenkerker Hades!

Dienerin des verfluchten Kindes

Yuki Shibamiya

Die junge Renée ist unsterblich. Was andere erstrebenswert finden wür-
den, ist für das Mädchen zu einem Fluch geworden, der sie regelmäßig die
Arbeitsstelle kostet. Aber das Schicksal meint es gut mit ihr und sie wird
als Dienerin des einsamen Kronprinzen Albert angeheuert. Doch auch der
ist mit einem Fluch belegt: Alles, was er anfasst, ist dem Tode geweiht.
Ob sie ihr neues Leben gemeinsam meistern können?

Shiki Chitose

1

Die Legende von Azfareo

Shiki Chitose

Im Schloss des Königreichs Azfareo haust ein fürchterlicher Drache. Rukul wird auserwählt, ihm zu dienen. Das aufbrausende Temperament der Bestie verschreckt sie zunächst, doch sie bemerkt schnell, dass sich hinter seiner rauen Schale eine sanfte Seele verbirgt. Jedoch rankt sich um den Drachen und den verschwundenen König noch ein großes Geheimnis …

altraverse

Deutsche Ausgabe / German Edition
Altraverse GmbH – Hamburg 2023
Aus dem Japanischen von Larissa Bamberger

KAO DAKEJA SUKI NI NARIMASEN by Karin Anzai
© Karin Anzai 2022
All rights reserved.
First published in Japan in 2022 by HAKUSENSHA, Inc., Tokyo.
German language translation rights arranged with HAKUSENSHA, Inc., Tokyo
through Tuttle-Mori Agency, Inc.

Redaktion: Denise Czinczoll
Herstellung: Cathrin Hamester, Michaela Müller
Lettering: Vibrant Publishing Studio

Druck: CPI books GmbH, Leck
Printed in Germany

Alle deutschen Rechte vorbehalten.
ISBN 978-3-7539-1352-0
1. Auflage 2023

www.altraverse.de